戊辰夏日會稽小弟李慈銘讀數過并坿評識

擬海運疏 壬子歲萬宗師觀風卷所作

竊惟天下大政當積重難返之勢不可不善議變通在因時制宜之方不可不妥籌補救

國家漕東南四百萬粟上備

天庾正供下實軍府歲儲關係綦重江浙向由河運自州縣起運到通中間凡旗丁勒貼之費水手訛索之錢閘壩轉剝之費通倉起卸之耗所需皆數倍於昔是以經費拮据輓輸稽遲求所為減費裕漕利運恤民之法誠無過海運一策伏查自道光六年蘇省海運後道光二十七年漕糧蘇松太再辦海運並援成規悉著明效則撫今而推廣其議誠大有益於

國計民生者也竊惟海運視河運有三便河運易海運有三利海運之喫緊今日有三善海運之籌備將來有三要海運視河運一便於取道徑捷伏攷元初海運自平江劉家港入海計其水程自上海至楊村一萬三千三百餘里後開新道由崇明沙放洋入黑水大洋轉西放登萊大洋抵津為程較捷明中葉議開膠河由海倉口徑抵天津為程尤捷今自出上海吳淞口抵津約程五千餘里重運出洋既可以循舊章程不虞艱阻并可以周諮水道條晰便宜似一便也一便於為期迅速漕渠延袤三千七百里南兑北交動以累月海運則江浙并自上海放洋抵津未及兼旬已可蕆事以海道之順風揚帆千里瞬息視河

路之入閘起壩重累天淵似二便也一便於備船簡易使改運而官造海艘非但工料不貲亦且風浪不習舊例僱沙船備運以招商僱船之費抵給丁造船之費有款而即可支銷以漕艘裝米之數準沙船載米之數一舟而得其倍蓰仍有餘地可兼許自行帶貨似三便也河運易海運一利於漕項可裕每縣核例給旗丁之行糧月廩耗米雜銀諸款準作沙船水脚暨天津通壩轉剝諸費已無不足而節省其漕贈之銀大縣得萬小縣得千兩省可得數十萬充用之原於是乎在似一利也一利於虧糧可免漕艘從河運沿途之起剝滋累費甚不支旗丁之運用浮糜費輒無等不肖者於是滋盜賣之奸罹逃亡之譴海運則既無逃丁自無虧糧而通倉卸米之耗似可量為減殺以惠商民而謀久遠似二利也一利於中飽可杜蘇省舊辦章程於上海設收放銀米總局不以官為經理而飭舉商民董之事竣請獎浙省改運應請仿照此例則可以杜絕中飽且視衛所之設官督運縱未敢謂冗祿遽裁而於漕院之委員催兑亦無難使繁費少省似三利也至海運之喫緊今日者莫善於墊補漕額江浙自大災之後元氣未復累年以偏災報緩而適當軍興撥餉度支孔亟之秋豈容再有缺額以困司農海運法行飭州縣以漕餘銀項採買好米令與全漕同運裨補正額所不足如是則本不以歉歲取盈而惠農有實仍不使度支病絀而濟

國有經似一善也一莫善於兼利河防江浙漕糧居天下大半
向年運船稽至四月後入河正與怒河之汛值運期迫則易妨
河河勢悍則易阻漕濟運攔黃兩費周防今欲使河之險無與
於漕漕之運無藉於河誠無如舍而海運者即江西湖廣安徽
照舊河運而為船已少為期可早實於河防大利似二善也一
莫善於并顧錢糧江浙河運各帮州縣之津貼兑費有加無浮
收不足償取之折征折征不足償取之地丁銀迨貼兑之銀既
數奏銷之限已及徵解之際往往而形短缺省費改運似不難
一變其弊漕有生色官無誤公似三善也至海運之籌備將來
者一莫要於風濤之險海舟畏漂視河舟極重海商以貨為生
涯以船為性命檣帆堅駛操駕習熟且周知島嶼以灣泊審潮
汛風颶之期以為趨避似可無慮況出運之際裝米較河舟一
倍用卒較河舟數倍仰賴
國家洪福本萬無漂溺之憂然在天下大漕宜多為慎重之策
且海水一濺米色必綠船身偶敞潮勢難當應請於僱船之際
申飭選船於驗米之先嚴令護米似一要也一莫要於盜賊之
防洋面之會哨出巡各省久稱息警而艇匪之出沒無常大海
斷難懸揣應請一省運船酌撥本省水師護送始保萬全且借
運糧之便習操檝之勞師船訓練於無形洋匪巡緝於未事似
二要也一莫要於回空水手之安置水手皆强悍之夫一經無

業不得不多為防範伏查道光二十九年漕江浙因災停運水手皆量為資遣未嘗生事今似宜仍仿前例且使隨地安插不致聚於一方則無患有業負販即不歸其本土亦易安此輩南北置貨本能營生唯在地方官處置得宜耳似三要也合上數則海運之切於時務者並請推廣試行以觀成效然海運利而河運仍不可偏廢也

國家歲費數十萬金錢從事於河本為漕計蓋萬世之利在河而一時之急用海誠古今不易之法也不揣狂愚謹將海運可妥辦情形據實陳奏是否有當不勝悚惶待命之至

壬子觀風卷十四藝備蒙宗師萬公激賞時務四策許以各有見到語觀風歲試考古遂疊膺首選録送詁經精舍肄業洵異數也四策當時俱鑿空撰出無所依傍而指畫利弊年來頗驗自幸愚者一得故録存其二且以誌知遇之恩於不忘也

行鈔引議

壬子 觀風作

夫鈔引未始不可行也未始行之而利於古不利於今利於國不利於民也特必先籌所以為行鈔之地始可議行鈔之法通行鈔之利鈔引之設本以輕易重善策然以鈔輔銀則可以鈔賺銀則不可以鈔通錢則可以鈔漁錢則不可今欲行鈔以救銀幣錢法之敝莫如先議更幣而鈔引庶可相濟而行昔明臣議行鈔十便曰造之省用之廣藏之便責之輕無成色之好醜爐冶之銷耗絶銀匠之奸偽盜賊之窺伺銅鐵廢而盡鑄為兵白金賤而盡充内帑其說似善其勢卒大不便者何哉宋元明改行鈔法以官鈔易民錢直以無易有之空券譬則無田之契無鹽之引無錢之票豈能强民情所不欲故一舉即廢烱鑒昭然且如禁銀以行鈔則是敺銀以歸夷如抑錢以行鈔則是滯錢以壅貨豈國與民兩利之道哉然而為救時要論則有說焉夫欲沿歷代未盡善之政開百年不經見之例而驟能通行盡利者未易言也鈔引之行有出而無納則民徒持無用之券而下不能信一出而即納則官徒徵無實之賦而上不能支權衡於行鈔之先就民所樂行者行之以預為之地而坐使上下利賴者有二策於此則請於江以南仿西洋之式改鑄銀錢番餅一圓銷淨銀祇六錢八分值今紋銀八錢而民以為便趨之若騖今如照式笵形開官鑄以益民用計萬兩銀已贏金千百兩

利且不貲峻漏銀出洋之禁首清其源定開礦課銀之稅次導
其流然後立官局誅私鑄盡占番餅之利未有不公私俱便者
且南五省之通行番餅無論矣至民納錢糧於州縣亦以番餅
而官仍易銀以解奏銷官放軍餉於營伍悉以庫銀而兵仍易
番餅以便售物輾轉之間利盡在市而不在官在外夷而不在
中夏假令更定則例以各省奏銷之銀飭於寶泉局鼓鑄利用
并採礦以補之則行之速利之滋自不待言此亦古者銀鈔之
法也更請於江以北仿重幣之式改鑄大錢自盜銷盜鑄積習
弛禁鎔銅作無益之器百倍於昔則銅價安得不貴銅課安得
不減至於採買不支鼓鑄浮費工作滋奸重重積弊錢法之受
病至深議變通者為宜仿宋明當十當五諸制創行大錢重若
干銖者值錢十重若干錢者值錢百分作數等於幕文鑄定字
樣工省價廉部分條晰似可權宜國用特此法甚利盜鑄恐未
資良民之藏已長奸民之藪是宜繩以極法唯是南民狡詐視
北為甚先行之北則易禁耳夫更幣亦古來時有使不稍更錢
幣而空行鈔引安知不畏難阻行益無成效但使改鑄而例定
不移不致朝令暮撤則民心帖安行之久自北而南亦自然流
通之理也且夫謂行鈔而必先行此二者正欲於民無損而官
得以轉輸民錢於官漸裕而民得以支給官錢得以子權母遺
意而後鈔引可行焉其法多寡之數以一貫為準新舊之換以

三年為期，真偽之驗，以印篆為憑，製造之式，以絲綾為質。而其最要者，欲行官鈔，不得不權禁民會票。會票不禁，必與官鈔無兩行之勢。禁之無他，截止之不令再造，其已製者，許隨地繳票易鈔。如是則以民票易官鈔，而民自行之；即以官鈔轉官錢，而民亦行之耳。其尤要者，欲行官鈔，必先下戶部籌款。需增課百萬，則止造百萬鈔；需千萬，則止造千萬鈔。分撥各省，明揭其數，使中外曉然有限制，不致銀日用而匱，錢日用而絀，鈔日用而濫。徒使中飽者假以漁利，則鈔引未嘗不可行也。雖然天下事利十則弊百，不除弊無可興利。假令商入錢取鈔，而貴券至他省付錢，率從而留難之，佳滯之，則鈔不行；官藉鈔勒錢，而假勢使富民償券，又從而訛索之，飛嚇之，則鈔愈不行。以大機大權轉移更幣之法，則以實心實力籌畫行鈔之便宜，是在忠公任事者已。

讀前漢書食貨志

志引李悝之言曰。今一夫挾五口。治田百畮。歲收畮一石半。為粟百五十石。除十一之稅十五石。餘百三十五石。食人月一石半。五人終歲為粟九十石。餘四十五石。石三十。為錢千三百五十。當戰國時。圜法重輕。斗斛大小。蓋不可攷。而一石三十錢。則穀之賤可知也。史記始皇三十一年。米石千六百。其時秦用半兩錢。漢初接秦之弊。民作失業。凡米石五千。猶沿用秦錢。及令民鑄莢錢。而米至石萬錢。錢愈輕而米愈貴。是以高紀二年關中大饑。米斛萬錢。令民就食蜀漢。貨殖傳。楚漢相距滎陽。民不得耕作。米至石萬錢。夫漢一石。當今二斗。（閻百詩云漢二斗七升當今五升四合）而值錢萬。穀無貴於此者。宜其民相食且死。以視李悝所云天淵矣。文帝累詔勸農。頻賜田租。百姓充實。又更鑄為四銖錢。物價益平。帝從鼂錯之言。令入粟於邊。六百石爵上造。以次至萬二千石為大庶長。上造本第二等爵也。惠紀元年。民有罪得買爵三十級免死。應劭曰。一級直二千。以二級四千錢準六百石而算之。一石得六錢有奇。視高帝之初天淵矣。武帝征伐四出。餽饟頻仍。海內虛耗。百貨騰躍。帝既屢更錢法。元狩以後。始斷行五銖錢。又以趙過為搜粟都尉。教民代田。得穀漸富。宣帝即位。頻歲豐穰。穀至石五錢。而趙充國傳亦言金城湟中穀斛八錢。議糴二百萬斛穀。不果。是穀亦無賤於此者。視武帝之世又

天淵矣。時詔書猶讓充國以張掖以東粟石百餘。轉輸煩擾。當軍興之際而穀值止此。其他可知。及元帝即位。二年齊地飢。穀石三百餘。民即多餓死。馮奉世亦言歲比不登。京師穀石二百餘。邊地四百。關東五百。四方饑饉。朝廷以為憂。然準之於今不過歉年之值。非奇荒也。而民困如此。以視新莽之末。雒陽以東米石二千。人相食。又天淵矣。綜漢一代論之。漢初積八年兵革。田不得耕。粟無所出。故價增數十倍。自後或貴或賤。卒無十倍其價者。自五銖錢行。大抵重錢而輕穀。貢禹傳臣始拜為諫大夫。秩八百石。俸錢月九千二百。又拜為光祿大夫。秩二千石。俸錢月萬二千。夫二千石月食百二十斛。而月俸祇十有二千。由此推之。豈非錢重穀輕之明驗歟。

文字備諧似稍纍酌之同學弟之傳向來所縣主人之傳矣作未列差飾為佳

陳秋田死孝記

癸館陳氏之次年而從學弟秋田卒卒時主人哀其志丐余從祖碩軒先生為之傳余知秋田悉讀之益歔欷不勝云秋田諱聚仁字壽臧平甫兒生仲子甫冠能文乙卯六月吾郡盛疫秋田母鮑安人與其姊先後病醫者急母而緩其姊姊殂秋田愴甚益求所以活其母與可以身代之者靡方不為繼乃刲肱以進時七月二十七日也未五日安人竟卒秋田悲苦填塞越五旬有五日亦卒主人為余言方秋田之刲肱也天雨旁皇私室中跪且禱禱已袒左臂齒而刃之裂繻裹創傅以灰血至注創孔驟溢脈絕於手一日人無知者已而殯發號踊柩旁為掖者所傷徒跣顛趾復弱其足創甚然固能自持如常人在苫次夜燈無人帷堂寂坐恒惻惻自語咎向者調護無狀對安人遺像瞪目癡坐涕泗橫下終已不言其死也一夕而殞莫測所苦殆所謂五內崩裂者耶悲夫悲夫先是主人亦病疫秋田死比殮視膏傅體者七其家人嘖嘖疑其視父疾時亦常有割股事惜其既死而莫可問也主人既得請於

朝旌孝如例余故書之以補傳之所不及云

子張問十世可知說

古讖緯之說。肇於戰國。而盛於西漢。哀平之際。史記趙世家扁鵲言秦穆公寤而述上帝之書。公孫支書而藏之。秦讖於是出。儒者以為言讖之祖也。而吾謂春秋時已有。於何徵之。則以子張氏十世可知之問知之也。昔者聖人作易。於河洛圖書之祕。蓋無不淵然而周知矣。至於歷數之長短運祚之盛衰。所謂卜世三十卜年七百者。雖聖人有所不能知。故必假於著龜而始寤焉。十世之問。幾於窮聖人以所不知。豈賢者之用心乎。子張蓋以聖人所能知者為問。而其說莫可考於經。則必於讖緯驗之。後世。言讖者託諸緯。言緯者託諸經。八十一篇之書盡託諸孔子所作。而內學於是乎熾矣。夫書終秦誓。聖人大悔過之義也。豈逆知嬴之代周哉。春秋終獲麟。聖人傷我道之窮也。豈逆知漢之將興哉。儒者不察。乃以諱證經。從而附會之。於是言秦之亡。則有春秋演孔圖曰。周姬亡。彗東出。秦政起。胡破術。洛書摘亡辟曰。亡秦者胡也。言漢之興。則有尚書帝命驗曰。卯金出軫。握命孔符。孝經援神契曰。寶文出。劉季握。卯金刀。在軫北。字禾子。天下服。（緯書言卯金至軫摘錄其二）言後漢之興。則有河圖赤伏符曰。劉秀發兵捕不道。四夷雲集龍鬭野。四七之際火為主。（續漢志載河雒讖數條今錄一下錄三國志同）言漢之亡。則有詩含神霧曰。代漢者龍顏朱頷春秋玉版讖曰。代赤眉者魏公子。春秋佐助期曰。漢以許昌失

天下。言魏之興。則有孝經中黄讖。曰。日載東絶火光不横一聖聰明。四百之外。易姓而王。易運期讖。曰。言居東。西有午。兩日並光日居下。其為主。及為輔。五八四十。黄氣受。真人出。又曰。鬼在山。禾女連。王天下。言漢季之興。則有洛書甄曜度。曰。赤三日德昌九世。會備合。為帝際。洛書寶號命。曰。天度帝道備稱皇。以統握契。百成不敗。孝經鉤命決録。曰。帝三建。九會備。言劉宋之興。則有孔子河洛讖。曰。二口建戈不能方。兩金相刻發神皋空穴無主奇入中。女子獨立又為雙。而晉元之興。則有曰銅馬入海建業期。齊高之興。則有曰金刀利刃齊刈之。魏晉以後。所稱孔子玉版孔子閉房記者。其書不一。彼僞造。圖讖之。流類皆欲以

前知百世之學。歸智聖人。而不知誣聖之涉於誕妄也。聖人則早知其流弊。故於賢者之問。逆折其萌芽。而示之以萬世不易之禮。三綱五常。亙古不變。先代之因革損益。可考而知也。鉤河摘洛。其言不經。後世之運會符命。不可考而知也。藉令有可知。聖人豈宗尚其學哉。後儒乃競言讖緯。依託聖人。惑已。

嫁殤說

周官媒氏有遷葬嫁殤之禁。疏謂遷葬就成人言。嫁殤就未成人言。周初以為禁。則其事所由來不自周始也。秦漢之世不概見。魏志邴原傳原女早亡。太祖愛子倉舒殁。欲求合葬。原辭曰非禮也。然卒聘甄氏亡女合葬。以宛侯子琮嗣曹植平原懿公公主誄曰。國號既崇。哀爾孤獨。配爾君子。華宗貴族。爵以列侯。銀艾優渥。成禮於宮。靈輀交轂。生雖異室。殁同山嶽。主。明帝女淑。與甄后亡從孫黃合葬。而郭夫人之弟悳嗣者也。然則此禮之興。其盛於魏晉之間乎。禮丈夫冠而不為殤。婦人笄而不為殤。為殤後者。以其服服之。夫有後而無匹。則所後之名未順。而後之者之心不安。且夫女未嫁不得祀於廟。不祔於廟而復不為之所。鬼之無歸也恫矣。不得已而嫁殤。人心之所即安。王政之所不禁者也。攷禮喪服傳。年十六至十九死為長殤。十二至十五死為中殤。竊謂自中殤以上。茍為此舉。非禮之經。猶禮之變。或曰如悖周禮何。夫古禮之不盡行於今也。豈止一端哉。降而從其厚。於是乎有嫁殤。蓋亦見父母哀死子之心之無已也。為通其說如此。不言遷葬者。先嫁而後葬也。

北史穆崇傳穆正國子平城早卒。孝文時始平公主薨於宮。追贈平城駙馬都尉與公主冥婚

五代史劉岳傳鄭餘慶為書儀兩卷明宗見其有起復冥婚之制歎曰婚吉禮也用於死者可乎

宋康譽之昨夢錄北俗男女年當嫁娶未婚而死者兩家命媒互求之謂之鬼媒人

梁玉繩瞥記唐蕭至忠殤女與韋后弟洵合葬遂有發塚歸柩之恥又舊唐書懿德太子傳肅宗子倓傳皆有冥配事又庭立紀聞梁學昌撰往秋谷云臨江府西有蕭墓傳為梁武帝過此女亡嫁金為婿焉是其遺址

明崇正甲戌會試硃卷跋

右明李硃卷一本。首場四書藝三。經藝四。經習春秋。貳場論一。表一。判五。三場策五。卷首有春秋一房藍印。南春百柒紅號印。卷尾署謄録所官歙縣知縣葉高標。對讀所官山陽縣知縣王正志。暨書手生員姓氏。卷中藍筆無幾。蓋北闈南卷之被擯者。孜四書藝三題。知為崇正甲戌禮闈卷。是科溫體仁與吳宗達主試。同考則文震盟諸人也。闈中得臨川陳際泰卷擬元。為項煜所擠。以李青卷代之。是卷入春秋一房。房考何人。今不可知矣。春秋題四。其二合兩事以命題。殆古者比事屬辭之義。且以杜勦襲陳文者。（春秋有合十六事為一題者見日知録）策其四弭盜。其五邊防。一云。邇者流冠披猖。秦晉楚之間。在在為梗。正明事孔棘之際。一云。插以邀賞為名。我乃議增賞以饜之。夫插何饜之有。奈何以數十萬金錢填此無窮之壑。順義忠勇。世為我藩。亟宜卵翼以堅屬夷之心云云。蓋主司發問本意也。按王象乾主撫插漢。予以馬市折價。大同撫臣張宗衡曾言插部可圖。不當歲耗百萬。餌飢困悖慢之虜。當明甲戌發策時。插漢已并於我朝。樞輔徒追理前議。而思用殘敝不支之俺荅。即時事概可知已。沈君杏林得是本於故書中。出以示余。余因策中有違忤語。囑杏林慎藏之。并誌其後。以見一時掌故焉。其作者為誰。則無可攷。

楊廉夫有春秋合題者說三卷明制春秋合題之法蓋沿元舊也見四庫全書提要

書貤封一品太夫人潘母張太夫人行略後代朱閣學師

吾友吳中潘季玉比部。康平詳慎。能於其官。屬以奉諱旋里。當事者延主省局。凡籌餉練勇諸政。率倚以辦。余故知比部幹略。不愧其先德。而君亦自言我奉太夫人之教。愈以有立也。太夫人事我師相國文恭公五十年。進退有禮。用賢淑聞於時。文恭家法訓子嚴。太夫人約束比部一如寒素士。不使後於諸昆焉。

余嘗謂士大夫持文衡四方。入贊綸扉。參密勿。仰副
聖天子宵旰勤政之意。退庀家事。昕夕不暇。則所以裕後昆儲成材者。繄閨門是賴。昔朱子編小學。舉中國夫人之教。循蹈規矩。動必以禮。冠諸善行篇之首。以為內外交勗。厥功與呂正獻焦先生並。而榮公亦卒為名臣。蓋養成德器。惟閨門之力為最先也。今觀太夫人之教誡。原本忠孝。勉以勤勞。以策
聖朝涓埃之報。以體文恭公畢生冰淵之志。與汪太夫人有同心焉。可不謂古之賢母也哉。太夫人孝於親。和於諸娣。仁於臧獲。其懿行賅備。平居施舍。手識一善字於冊。無慮千百。用以厚澤貽子孫。是又名德之後。涵濡鬱積。日起而未有艾也。比部以太夫人行狀見示。爰舉其大者。竊附考亭之義。敬次其後云。

楓水詩存序 代薛大令師

文獻之關繫於世也。無大小一也。不惟一郡徵之。一邑重之。即一鄉亦無乎不傳。古者行人乘輶軒。振鐸採風。所至。偏隅僻壤。有所不遺。於以攷見風俗之華樸。文物之盛衰。與夫賢達仕隱之蹟。士女歌思之遺。雖在一鄉。而實一邑一郡之嚆矢焉。士君子生長其地。留意斯文。思有所撰述以為桑梓光。而先民所留貽。復不憚補輯以殫後起者之責。詎非鄉邑之幸歟。余自戊午冬攝篆魏塘。甫下車。即聞有顧茂才孝若深於詩者也。余方整理書院。切劘詩文。日與邑人士相濯磨。顧子家清風涇。不憚修阻。每月必與課。課必居高等。談藝之暇。間與搜舊聞。訪逸士。因得讀其所選楓水詩存。採輯繁富。裁擇精嚴。蓋本曹氏雪莊舊稿。積有歲月。補綴而續成之者也。夫風涇特一鎮耳。然嘉善建自有明。而風涇名勝則自蕭梁已顯。虞道園仁濟院碑稱梁天監元年。有道者張半山自蜀來涇。言此境亦一福地。蓋地當江浙聯會之交。風景清淑。水土踈美。孕靈毓奇。鬱久而秀傑挺生。無一不昌於詩。故自宋陳白牛居士後。代有聞人。文采風流照耀邑乘。茲編所列。斷自　國朝。披其帙。考其人。微特詩以人傳。鄉先正勳名風節。足以奮起後人者不少。而林居幽逸之士。暨方外閨秀。筆墨散佚。莫不賴是編以為吉光片羽之珍。而無致於泯滅。人惟慮已之詩不傳。顧子則舉其鄉人之詩有不傳者是

懼。此其用心篤而肆力勤。豈徒於曹氏為有功耶。夫嘉善之有風涇。猶嘉興之有梅里也。曩吾友朱述之太守官嘉興時。得許氏燦梅里詩輯一編。為手校而刊之。一時藝林風行紙貴。今顧子所輯。猶許志也。惜余不敏。不能助鉛槧之役。從事商榷。猶幸是書之成。得以存文獻於一鄉也。爰奮筆而為之序。

亡妻周孺人哀述

余年十歲。自塾歸。起居大父父母畢。必就案覆誦書。晨起復然。吾母教也。一日。外舅至余家。聞余書聲琅琅然。抽卷使背。不錯一字。外舅笑而譽之曰。是不凡兒也。遂以女許字余。越十年而孺人來歸焉。孺人姓周氏。宋濂溪先生之裔。自明以來。世居吾邑之鳳池坊。術第五。外舅(父)麗泉公(府君有四)第三女也。(孺人最慧)少端靜不妄言。警密有識。遇外舅事有(府君嘗)所遲疑者。孺人在旁以片語剖決。(無)未嘗不當意。治女紅不俟教督。出姊妹上。父母尤鍾愛焉。及(年二十)歸余。而兩大人愛(撫)之如在室時。先妣治家勤敏。賓戚造門。肴核立辦。籌燈縫紉。必至三鼓。孺人始來。夜命先寢。旦則後起。中饋之職。仰成而已。甫生一女。先妣爲手(稱)製衣裾。躬自抱持。其他纖悉不以勞孺人也。而孺人獨以婉嫕得堂上懽心。一時内外無間言。先妣歿時。家燬於火。(孺人艱難支拄。一絲半粒。劬若倍常)室中所有。蕩焉一空。大人以家事中落。慮新婦弱不能支門户。而孺人處此。葺廢補墜。井井有則。歲時歸省(甯)父母。語(與外姑)及先妣。慟不自勝。外姑及諸姨聞之。愴然動容。至相戒弗復道。終先妣喪三年。言輒淚流。其至性如此。孺人性(口不言臧否而)狷潔。衣服無(意所)數日不浣。見人有不可於意者。口雖不言。而心(常)不能忘。余嘗以謂孺人量太狹。孺人亦病余之(疏)徑率。好以直言譙呵。以故時與孺人不相中。而伉儷之愛未嘗不篤。孺人不甚識字。而余(喜)讀書務雜覽。閨中議論。常互相笑也。見余買書歸。則曰。君前以

治一書未竟。復購他書。何汲汲也。因笑指手中鐵黹曰。若我繡此未半。舍而他繡。君顧不嗤耶。自余為諸生二年。娶孺人。又六年食餼。山長錢公、學使萬公最先識拔余。復從薛大令、朱閣學兩先生游。與同門褚二梅、石廉昉、徐金坡、蘭史諸君以文章相鐫礪。課書院日以有名。孺人侍余作文。必戲決其名第之高下以為笑樂。余偕儕輩應試。則（必）又預揣其科名之後先以為徵驗。既而孫石褚諸君相繼登第。余屢薦不售。意拓落不自聊。自念上無以報生我。中無以答師友。下無以慰妻子。青燈夜坐相對嘿然。而孺人滋益感矣。庚申四月。粵匪陷嘉禾。大人挈子婦避亂於鄉。孺人起與余約曰。賊來我攜兩女死。君抱兒走可矣。雖死幸無辱。尋而賊大至（及）。余倉皇奔避。不及攜兒。孺人獨挾一女一兒投水旁。賊蹤跡之。盡脫其簪珥以免。余為賊捽投水。亦免。而是日死者（松屏叔父輩）。庶祖母以下。幼叔及姑凡四人（同時死者）。孺人惆焉。當是時孺人赴死之志決。而匿水既久。病亦由此深。六月。外舅以疾歿（藕泉府君卒）。孺人哭之慟。瘧痢沈綿。浸以不起。余數問得有遺言否。即泫然曰。今覩此末劫。得死幸矣。尚何言。顧兒女若何。則曰以累君矣。方孺人病時（是時居宇賊所過掃地無遺孺人病無以為醫）。余以無錢故不能呼醫。病日以棘（歿無以為殮）。迨孺人病革而（薄棺草殮）所市棺又薄劣不可堪。瘞之荒穢冢地。余於孺人撫膺呼負負。輒大慟。大人乃寬譬余曰。夫禾城之厄。其貞婦烈女死而填溝壑者可勝紀哉。汝婦幸得從汝母於地下。安寢九原以成其志。

數行語意俗可刪且敝嫌失空僭節之
莊鈸安注

其亦可無憾矣醫雖精疾弗可為也棺雖惡死弗復戀也奚用大感為惟是遺孤煢煢纍然無恃汝讀書無所用崎嶇兵燹未知死所是則其重可悲者焉余惟孺人之生也蓋習聞外舅所以器余者知余銳欲以功名自見則當勤治其文而毋以雜學自累故數用相規切迨余屢試不得志而又遭時之變技能無所施則益失所倚藉而自顧又不能苦戮其身以求活於流離之際其死也匪獨以其病抑亦其志使然也孺人事大人十四年謹慎無失禮其處妯娌有御臧獲有恩訓子女有方然亦時有可議不瑣述云孺人父諱淦國學生母韓氏生三女一男一女殤以道光七年八月初二日生咸豐十年八月二十八日卒年三十有四卌之君子覽余文而哀焉賜之傳誄以光泉壤感且不朽期服夫銘捃淚述

是篇現刪節四百餘字略加潤色較明淨不疵

二十六日下伯宜添庚日二字　若銘答注

倪氏兩烈女紀畧

嘉興倪氏。余母族。兩烈女。先妣之姪。而吾弟幼花之姨也。竹舟舅氏季女曰四姑。字於許。蘭亭舅氏長女曰大姑。字於張。四姑少失父母。撫於其叔。與大姑相愛若同胞。庚申四月。粵賊陷蘇州。禾城居民皆走避。舅氏謀徙於鄉。召媒氏促兩家婚。張氏期以是月二十六日。輿者舉輿入自東門。驟遇賊。潰而奔。舅氏居城中之寶子街。街靜人稀。賊入城未之知也。方治具。待親迎者。顧視。日。景。徘徊。水檻間見隔岸。一紅旗狂奔。驚呼。曰賊至。賊至。一賊。奓戶入。覩大姑靚粧麗服。手刃示之。大姑掩袂啼。賊迴視四姑橫刀徑去。二女急登樓。計曰。賊去必復至。我屬將求死不得。當早自計。疾呼其母。匿諸弟。破屋中。聯其帶。自樓牕躍入河中。死。而前賊之去者。已率其黨至門外。捽舅氏髮。問二女所在。以投河對。迫視之。兩屍。赫然。僵水上。河水濺濺起。沫猶沸然也。於是賊意憐之。乃釋舅氏一家。導之出城。舅氏欲得棺以殮二女。乃去。賊怒不許。遂蹌踉走城外。未幾舅歿。妗至余家述其事。

趙銘曰。禾城之難。死者萬數。以余所見聞。二女之死最其慘且決者也。方賊揚刀馳出時。二女苟自計可以無死。雖欲復死。豈可得乎。士大夫之濡忍以愧此二女者。固多也。烈女死時年皆二十三。

讀漢偶筆

高紀五年九月使丞相噲將兵平代地十年陳豨反噲擊豨遷為左丞相十二年盧綰反噲以相國擊綰俱見噲傳按蕭何傳上已聞誅信使使拜丞相為相國噲亦自丞相遷為相國也乃百官公卿表書何不書噲何耶豈以狗屠故少之耶又蕭何為相國在誅信後當高帝之十一年而表先書於九年誤也景帝元年表書廷尉歐按本紀是年七月廷尉信與丞相上議表當仍前書信以廷尉歐繫於明年乃合

按此即今之使相雖帶銜而不居其職表故不書 自記

地理志真定國肥纍縣下註故肥子國而泰山肥成縣甾川劇縣應劭皆以為故肥國遼西肥如縣應劭以為肥子奔燕燕封於此何應氏之踈也肥小國在冀州域與鼓鮮虞鄰境必不遠真定之肥纍是也安得兗青之域如肥成如劇復以為古肥子國乎攷後漢郡國志北海劇縣古紀國則非故肥地也肥成以有肥字故遂附會其說耳燕封肥子於肥如未詳所出

平帝元始二年遣使者捕蝗民捕蝗詣吏以石斗受錢此法最善不可以莽政而廢之也唐姚崇建議捕蝗猶未及此法之精

乾隆時北直屢蝗令民捕蝗以當賦於是殺蝗殆盡

按朝野僉載唐開元四年河南北蝗蝝為災敕遣使與州縣驅逐採得一石者與一石粟一斗者粟亦如之蘇文忠次韻章傳道喜雨詩中咏捕蝗有曰縣前已窖八千斛率以一升完一斛故據此則或受粟或當賦唐宋以来嘗行之五代史晉本紀天福八年八月丁未朔募民捕蝗易以粟

資格之說昉於春秋晉文公作三軍謀元帥後惟原軫以下軍佐擢將中軍不拘資格自後皆以次遷陞雖以悼公之賢明不能首擢魏絳狃於資格故也停年之格漢時已有董仲舒對策

云古所謂功者以任官稱職為差非所謂積日累久也故小材雖絫日不離於小官賢材雖未久不害為輔佐今則不然累日以取貴積久以致官是即後世以年勞推遷之漸史記高祖功臣侯年表積日曰閱史遷報任少卿書亦有下之不能累日積勞語則此格之牢不可破者固不始於崔亮矣

尊師之禮至漢愈隆元帝時褒成君孔霸薨上素服臨弔者再夏侯勝以尚書授上官太后勝卒太后為勝素服五日以報師傅之恩帝者之於師喪也如此故兩漢之儒最重其師良有以也自摯虞去師服弟之尊師不古若風俗於是乎始衰

按文選王文憲集序注七略曰子雲家牒言以甘露元年生也自甘露元年推至天鳳五年年七十一按善註作甘露元年生[illegible]引亦作元年按此條已見四庫全書總目亦據李善文選註子雲家諜為證而辨析尤詳此可不錄壬申五月二十五日附記

揚雄傳贊初雄年四十餘自蜀來至游京師大司馬車騎將軍王音奇其文雅召以為門下史薦雄待詔歲餘奏羽獵賦除為郎給事黃門莽即位復為大夫年七十一天鳳五年卒按本傳孝成帝時召雄待詔承明之庭正月從上甘泉還奏甘泉賦以諷其三月祭后土還上河東賦以勸其十二月羽獵雄從作校獵賦以諷其三月其十二月云云者明其為一年中事也孜之成紀則元延二年春正月行幸甘泉郊泰畤三月行幸河東祠后土冬行幸長楊從胡客大校獵雄作諸賦斷在是年矣而王音之薨則在永始二年正月雄曾為音門下史而音薦之當在永始元年距元延元年又五年不得曰歲餘即奏羽獵賦也是時雄年未四十如已四十餘則推至天鳳五年不止年七十一

也史文畧有舛午而後人緣此間以辨雄不事莽未免武斷

蘇武以天漢元年使匈奴其明年李陵降又十八年而武還乃文選載陵答書有自從初降以至今日云云此不待辨而知其僞也征和三年漢遣李廣利商丘成等擊匈奴匈奴使大將與李陵將三萬餘騎追漢軍至浚稽山合轉戰九日（此擊商丘成軍）又使右大都尉與衛律將五千騎要擊漢軍於夫羊句山狹（此擊李廣利軍）故陵對武云陵與衛律之罪上通於天殆以此也夫陵志欲得當以報漢者乃至為匈奴擊漢而勸降忠義不屈之武其末路尚可問乎

文翁為漢循吏之首史稱其遣張叔等十餘人詣京師受業博士勸學興賢蜀郡大化而水經江水注又載其軼事云蜀有迴復水江神常溺殺人文翁為守祀之勸酒不盡拔劍擊之遂不為害又江北左對繁田文翁又穿湔洩以灌溉繁田一千七百頃按劍擊江神恐沿李冰事而附會傳疑可也灌溉繁田則關水利農田之大者取以補史可謂教養兼至矣又文翁守蜀立講堂作石室於南城鐫聖賢七十二弟子像亦見華陽國志水經注等書皆足以詳史所畧

外戚傳言漢王得定陶戚姬地理志屬濟陰郡水經漢水又東右會洋水註洋川者漢戚夫人之所生處也高祖得而寵之夫人思慕本鄉追及洋川米帝為驛致長安蠲復其鄉更名曰縣

用表夫人誕降之休祥也攷地志無洋川縣與史漢言定陶不同足廣異聞

孝武衛皇后傳武帝祓霸上還過平陽主主見所偫美人帝獨説子夫帝起更衣子夫侍尚衣軒中得幸師古注軒謂軒車即今車之施幰者按帝既飲於主家更衣當在別室無至車中更衣之理車中御女不幾於隋煬帝之試任意車乎左思魏都賦周軒中天注周軒謂長廊有窗而周迴者此傳軒中亦其類也不得作軒車解

按歙縣黃扶孟名生有義府二卷中引後漢書李膺傳證師古解軒中之誤見四庫全書總目當攷壬申五月廿五日附記

讀三國志偶筆

魏少帝紀古者人君之為名字難犯而易諱今常道鄉公諱字甚難避其朝臣博議改易列奏當時避君諱嚴矣而高柔上明帝疏允迪叡哲叡明帝諱也何以不避吳張承與呂岱書功以權成陸抗疏權以戰兵權字皆不得用又陸機辨亡論於祖父皆不名而上篇云權畧紛紛云攻無堅城之將云舉不失策下篇云不患權之我逼云循定策不避其故國先君之諱抑獨何也范史載張衡思元賦冀一年之三秀兮秀世祖諱不避蓋詩書不諱亦克昌駿發之例也

夏侯惇傳建安二十四年太祖擊破呂布軍於摩陂呂布建安三年已禽矣是關某之譌也甘后傳亮上言臣請太尉告宗廟布露天下具禮儀別奏太尉尊官蜀無此職是太常之譌也孫奐傳子壹奔魏封吳侯以故主芳貴人邢氏妻之壹入魏黃初三年死既云故主芳安得復云黃初三年耶是甘露之譌也邢顒傳以庶代宗先世之戒願陛下深重察之時操僅魏王未得稱陛下顒貞士當無諛詞是殿下之譌也史皆未能是正吳範傳注引吳録範謂孫權曰陛下某日當喪軍師裴氏謂範死時權未稱帝此言陛下非也與顒傳同

洛神賦序黃初三年余朝京師注謂魏志及諸詩序並云四年朝此云三年誤一云魏志三年不言植朝蓋志略也何義門云丕以延康元年十一月廿九日禪代改元黃初而陳思實以四年朝洛陽賦云三年者不欲亟奪漢年猶之發喪悲哭之志也

余按魏志黄初二年春正月詔以議郎孔羨為宗聖侯邑百户奉孔子祀而子建撰孔羡奉祀碑云惟黄初元年大魏受命以魯縣百户命孔子二十一世孫議郎孔羡為宗聖侯云云本二年也而書元年與洛神賦書法同何氏之説可謂深得古人之心矣

承祚文最簡質然亦有簡而不明者劉表傳少知名號八俊按范史黨錮傳張儉岑晊劉表陳翔孔昱范康檀敷翟超為八及朱並上書告田林張隱劉表薛郁王訪劉祇宣靖公緒恭為八顧表不在八俊列也范史表傳與同郡張儉等俱被訕議號為八顧文義明晰今不曰與同郡某等號八俊而但云號八俊八字何指耶又八俊者或以為李膺荀昱杜密王暢劉祐魏朗趙典朱寓或以為張儉檀彬褚鳳張肅薛蘭馮禧魏玄徐乾皆無表名

杜畿傳聽伊尹作迎客出入之制選司徒吏惡吏以守寺門又曰伊尹之制與惡吏守門非治世之具也兩言伊尹豈當時有名伊尹者與

陳矯傳謂廣陵太守陳登曰聞遠近之論謂明府驕而自矜登曰夫閨門雍睦有德有行吾敬陳元方淵清玉潔有禮有法吾敬華子魚清修疾惡有識有義吾敬趙元達博聞强記奇逸卓犖吾敬孔文舉雄姿傑出有王霸之畧吾敬劉元德所敬如此

頌

此何驕之有餘子瑣瑣亦馬足録哉承祚以此稱登明登之豪邁禮敬賢士非驕矜者流也而闕忠義傳贊稱闕剛而自矜失此意矣

日知録謂古稱卿大夫為主齊侯唁昭公稱主君子家子曰齊卑君矣陳壽作志創立先主後主之名以晉承魏統義無兩帝也改漢為蜀亦出壽筆黄氏日抄曰蜀者地名非國名也昭烈以漢名未嘗以蜀名不特昭烈未嘗以蜀名雖孫氏之盟亦曰漢吴既盟同討魏賊是天下未嘗以蜀名之者名之者魏人也愚按壽書兩説亦未盡然孫氏黄龍元年之盟曰若有害漢則吴伐之若有害吴則漢伐之固以漢吴並稱若薛綜傳謂西使張奉曰蜀者何也有犬為獨無犬為蜀横目句身虫入其腹孫權謂費禕曰君必當股肱蜀朝謂鄧芝曰恐蜀主幼弱當時鄰國亦已稱之為蜀矣法正傳亮曰主公之在公安云云時昭烈未正漢中王位稱主公可也若杜微傳載孔明書云朝廷主公今年始十八後主即帝位二年矣何以稱主公耶此不可解亭林疑為後人所改亦臆度耳又廖立費詩傳屢稱先主未必盡壽所改惟武侯表呂凱檄肅然稱先帝耳

劉璋傳璋聞曹公征荆州已定漢中遣河内陰溥致敬於曹公按操定漢中在建安二十年征張魯之後事隔甚遠下文璋復遣別駕張松詣曹公公時已定荆州走先主不復存録松則上

翰林主人已見文選

已定漢中四字贅

諸葛瞻傳為翰林中郎將翰林猶羽林也本武臣官號自唐有翰林供奉翰林學士遂為文學侍從之美選矣

周瑜傳建安十一年督孫瑜等討麻保二屯梟其渠帥囚俘萬餘口孫瑜傳與周瑜共討麻保二屯破之淩統傳從擊山賊權破保屯先還餘麻屯萬人統與督張異等留攻圍之統身當矢石所攻一面應時披壞諸將乘勝遂大破之據瑜傳則瑜實督將圍屯據統傳則是役權身在行間瑜不得專功也而檢權傳又無建安十一年事疑瑜傳為得

韋曜傳注曜本名昭史為晉諱改之若然則張昭周昭何以不避意者曜亦如陸遜本名議李嚴本名平有二名歟

釋道之教盛於漢末劉繇傳笮融者丹陽人督廣陵彭城運漕乃大起浮圖祠以銅為人黃金塗身衣以錦采垂銅槃九重下為重樓閣道可容三千餘人悉課讀佛經令界內及旁郡人有好佛者聽受道復其他役以招致之由是遠近前後至者五千餘人戶每浴佛多設酒飯布席於路經數十里民人來觀乃就食且萬人費以巨億計張魯傳祖父陵客蜀學道鵠鳴山中造作道書以惑百姓從受道者出五斗米陵死子衡行其道衡死魯復行之據漢中以鬼道教民自號師君其來學者初皆名鬼卒受本道已信號祭酒各領部衆多者為治頭大祭酒諸祭酒

前字似可省 [illegible]

書前漢書地理志後

班史之志地理也。其源蓋昉於禹貢及職方氏之志九州。漢興以來。凡刺史十三部郡國一百三。其中郡邑戶口山鎮水道關津鹽鐵。劉向所言域分朱贛所條風俗。輯而論之。固已鉅細之靡遺。經緯之畢貫矣。而吾獨惜其有大缺陷一事。則以各州郡國下。不詳註墾田之數。樹穀之宜。為未得乎禹貢職方之遺意。而後。史無所因藉也。按禹貢分天下之田為九等。冀中中。兗中下。青上下。徐上中。揚下下。荆下中。豫中上。梁下上。雍上上。職方辨九州之宜。荆揚其穀宜稻。青州宜稻麥。冀雍宜黍稷。并豫宜五種。兗州宜四種。幽州宜三種。三代之世無郡縣。故第統一州言之。漢郡縣分隸諸州。則言乎墾田樹藝。可以條分而縷悉矣。而志第隱括其詞曰。提封一萬萬四千五百一十三萬六千四百頃。定墾田八百二十七萬五百三十六頃而已。郡有大小。戶有盈虛。田有肥磽。晦有廣狹。古何以利盡於西北。後何以賦重於東南。每郡不核實其數。何以知古闢而今荒。前羸而後縮乎。天下之政莫大乎賦役。有田則有賦。有戶則有役。二者兼重。令志乃詳戶口。畧墾田。不知核墾田之多寡。即知戶口之盛衰。舉戶口之登耗。無以定墾田之虛實也。田必待人而耕。而人非盡耕者也。劉昭注郡國志。引皇甫謐帝王世紀。禹時九州之田凡二千四百三十四萬八千二十四頃。定墾者九百二十萬八千

二十四頃。又引應劭漢官儀曰。和帝永興元年墾田七百三十二萬一百七十頃八十畝。安順沖質四帝時復稍減焉。夫前漢之地數倍於禹。墾田何以不日增。後漢之地不減於前。墾田何以反日少。注史者揭其大數耳。若欲一一實之。則郡邑之沿革。有徵。而農田之興廢無攷。前史所未詳。後史無從取證也。夫當班氏作志時。天下圖籍具在。蕭何傳。何入咸陽。收丞相御史圖書藏之。帝具知天下阨塞。戶口多少彊弱處。民所疾苦者。以得此圖書也。匡衡傳。封僮之樂安鄉。鄉本田隄封三千一百頃。郡圖誤封其界。多四百頃。建始元年。郡乃更定圖上丞相府。趙充國傳。計度屯田。謹上田處及器用簿。漢時上計之吏。其郡中田

畮圖冊悉上之大府。使固也按籍而稽。即可核實而數矣。且固志河渠曰溝洫。非無意於農田水利者。歷攷志傳。鄭當時奏穿渭渠。起長安。傍南山下。溉田萬餘頃。嚴熊言臨晉民願穿洛。溉重泉以東萬餘頃。番系言穿渠引汾溉皮氏汾陰下。引河溉汾陰蒲坂下。度可得五千頃。宣房塞後。用事者爭言水利。朔方西河河西酒泉。皆引河及川谷以溉田。而關中零軹成國漳渠引諸川。汝南九江引淮。東海引鉅定。泰山下引汶水。皆穿渠為溉田各萬餘頃。兒寬奏鑿六輔渠。溉鄭國旁高卬之田。白公奏穿涇渠。首起谷口。尾入櫟陽。注渭中。袤二百里。溉田四千五百餘頃。召信臣於南陽開通溝瀆。起水門提閼數十處。增溉田三萬

頃。趙充國議自臨羌東至浩亹。興屯於民所未墾者。可二千頃。趙過為搜粟都尉。教民代田。邊城河東宏農三輔太常民皆便代田。用力少而得穀多。是數者固皆詳之。然足以見新墾之田。猶無以見原額之田也。而其他不見志傳者。又何從攷乎。且夫謂地志當詳墾田之數。而又必詳樹穀之宜者何哉。古者樹藝五穀。首重黍稷。後世則重稻田。故雍州之田上上。穀宜黍稷。而豳風已有十月穫稻之文。小雅滮池北流。浸彼稻田。在今西安府長安縣北。溝洫志言令內史稻田租挈重。不與郡同。東方朔傳言酆鎬之間。號為土膏。首舉秔稻之饒。惟涇渠鑿而民富。且溉且糞。長我禾黍。則知利不盡於稻田也。冀州之田中中。穀亦宜黍稷。然賈讓言冀州若有渠灌。則鹽鹵下隰。填淤加肥。故種禾麥。更為秔稻。高田五倍。小田十倍。史起引漳水溉鄴。而民歌之曰終古舄鹵兮生稻梁。夫以雍冀二州之地之不宜於稻者。猶以水利興而稻田墾。則他州之宜稻者可知矣。是以周禮稻人掌稼下地。設有專職。孔子答宰予以食稻為旨。明乎墾田植稻之利。非他穀比也。而樹穀之宜。地志顧可不詳與。慨自西北之稻田久廢。自唐以來。天下財賦。半出於江淮。自宋以後。半出於蘇松常鎮杭嘉湖七府。攷三國分疆。此七府地屬之吳。而魏固嘗興稻田於陳蔡之間矣。鄧艾於淮潁諸陂穿渠三百里。溉田二萬頃。豈獨非墾田之利哉。五季分裂。中原西北各守其境。

各足其穀。不闕仰食於他國。後世。乃。以。天。下。而。仰。給。於。東。南。遂使。江。南。之。賦。居。天。下。十。九。者。則積。重。之。失。也。今天下賦役之書繁矣。然皆宋元後書。沿而上之。卒無以知兩漢郡縣郡若干田。田若干賦者。則以班志未嘗詳而書之也。夫崔浩以涼州之畜為天下饒。而知姑臧之必豐於水草。使班志而詳及墾田樹穀也。後之。持。國。計。講。農。政。者。其必有取乎此矣。而班氏忽之。豈非志地者之一大缺典也哉。

班志該括謹嚴古今糅異議而卻有此一慮之先鉅眼絕人發為大言有關於經世之業不小　士安之帝王世紀多坿會不足信即如禹時田墾實數何從得來　弟慈銘注

書吳越世家後

梁太祖即位封錢鏐吳越王兼淮南節度使客有勸鏐拒梁命者鏐笑曰吾豈失為孫仲謀乎遂受之儒者之論以謂唐自乾甯而後外則李茂貞韓建等連兵犯闕内則中尉韓全誨等興兵劫帝朱温遂弒二帝篡唐天下而有之武肅於此不聞舉一旅之師號召諸侯仗義討賊實於忠孝有遺憾余少時嘗持此論今乃知其不然方朱温劫遷天子洛陽四方諸侯虎視而起天下之可以難梁者莫若晉也其次莫如淮南然清口壽陽之役梁兵嘗再敗於吳而楊行密討梁卒不能越淮一步强弱之勢固以不侔矣吳越去晉〔梁〕絶遠雖鄰於吳而蘇常婺睦之交尋兵未已朱温篡而行密已前死吳之子孫未有能合從諸侯仲討賊之義於天下者也吳不能討賊而武肅能以吳越之衆用吳以討梁乎即不能用吳而吳能聽其以吳越之衆出常州道廣陵踰淮以討梁乎即不能道吳而武肅能以十三州之衆蹈數千里風濤不測之險越海以討梁乎三者不能則雖有忠誠智勇過武肅者而亦將策無所出矣吾觀皮光業使梁自建汀逾虔郴越潭岳荆南入貢建汀閩境也虔廬光稠境也郴潭岳楚境也荆南高氏境也武肅嘗送王茂章於梁道過撫州撫危全諷境也吳越至梁不道閩則出江西皆越四國而後至越國鄙遠吾知其難也安能伐人及楊隆演取虔州吳越貢使自登

胡身之通鑑注按九域志自衢州界西南至建州四百四十五里自建州西至汀州九百三十里自汀州西至虔州五百五十里自虔州西至郴州六百六十里自郴州東北至潭州四百九十六里自潭州東北至岳州三百八十五里自岳州西北至荆南四百三十里

萊汎海。歲若飄溺。以此行師。不戰自敗。亦兵家之鑒也。然則羅隱何以勸舉兵伐梁。曰。隱欲其君倡義聲於天下。用為霸王之資爾。非真能以兵伐也。然則武肅固無憾乎。又非也。吳越不能討。梁梁亦不能難吳越。而汲汲焉受偽命效職貢。何也。絕勿與通可也。

吳越討梁。若假道於吳。其道有三。出常州。由廣陵至淮一道也。自宣州出蕪湖。由盧壽至淮二道也。自江陰下海。抵通州至淮。三道也。終五代世。吳越貢道無出於吳者。即用兵可知矣。吳嚴可求說徐溫曰。唐亡於今十二年。而吳猶不敢改天祐。可謂不負唐矣。然吳所以征伐四方而建基業者。常以復興為辭。今聞河上之戰。梁兵屢衄。若李氏復興。其能屈節乎。宜於此時先建國以自立。吳遂稱帝。羅隱之言曰。王唐臣。義當稱戈北嚮。縱無成功。猶可退保杭越。自為東帝。奈何交臂事賊。為終古羞乎。其意與可求同。蓋勸討梁其名也。勸稱帝其實也。讀史者辨之。

扼要在朱溫篡而行密疾數行結出正論尤有力　武肅智計殆與同時荊湖高氏相髣髴有媿晉世涼州之張仇池之楊多矣文自平情言之　慈銘注

辡當作鐢沈念農先生云

上慰農師論浙江鄉試謄録書

竊聞省中貢院業已竣工中丞已奏請補行鄉試甚盛典也竊有一事敢進言於我夫子前者浙江鄉試做謄録之弊由來久矣其弊不知所自始盛於道光中葉以訖於今其初甯紹士之富者以重金聘名手入場冒應謄録先浸墨汁於衣絮中攜帶入内為改竄試文地步彌封之後卷無認識其法用兩字為辡令應試者於試卷首頁十二行之上下兩格填寫而塗去之（亦有在次頁他行者其上下兩格則同）以為標識其上一字分條囑託受卷所照字覓得計卷論價下一字謄録自用以分別各卷識為誰某得卷後先用墨筆改正譌字修飾疵句另以重價付他手代謄務使硃色鮮明字畫端整易於動目中雋遂多此風一行各郡爭相傚傚始而做者十之三尋而十之五尋而十之七尋而十之九士子奔走趨風夤緣作弊舉國若狂不可復挽其故何也凡不做謄録名曰草卷受卷所見其無辡輒擯置之必俟各卷掃數發完然後再發及至謄録所又擯置之必俟各卷掃數謄完然後再謄其謄也潦草脫落顛倒舛錯烏焉亥豕縱橫滿紙甚至故意訛脫信手塗抹使其必黜而後下科亦悔而思做閱卷者讀未三行不可辨識輒生厭苦且其到房時中額已滿無論佳否置落卷箱中而已闈後領到落卷無不氣憤填咽泣下沾襟下科不得已相率而釀錢效尤士以此相勸不做謄録猶不入

場也同考官以此相朂不做謄錄猶不應試也其不做者台處士居多中雋遂絕此浙闈謄錄之弊所由來也而其中甯紹人實始開端尤為肆橫受卷彌封各所悉被把持居奇壟斷趨者如鶩其始做謄錄者先發先謄不做者被壓擱其繼以多金做者先發先謄金少者被壓擱寒士情極無法萬不獲已有單做頭場取其費省而次三場聽其草寫者各所得卷發卷視金多少為先後凡卷之十二三四日到房者必其做謄錄而金多者也十六七八日到房者必其做謄錄而金少者也十九二十後到房者必其單做頭場者也而十二三四等日薦者中十之五焉十六七八等日薦者中三四焉十九二十日後薦者中一二

焉其竟不做謄錄者先自絕於孫山之外而有司不復收恤即此一端而數十年寒士之淚與西湖而俱深數萬人下第之淚與錢江而無極矣夫拙卷一經修削立即改觀富卷敢行排擠誰不被壓使拙卷中而佳卷至於見遺富卷拔而貧卷至於被擯不公不平莫此為甚

國家科場之法禁令何在乃數十年來士以此相勸有司以此相朂以為如是則中不如是則黜寅緣關節上下相習為固然而莫之敢問鄉試

朝廷掄才之大典而士子進身之始階也使讀書守法者必毆入於作弊關捷之途而後已是誠何心然且有草卷得中如戊

午舉人王泰東者此特出自夫子衡文愛士之苦心千萬中之一二數十年所僅見也而我浙之分房校士者不能盡得夫子而任之也是莫如亟稟大憲明定章程立行禁革欲禁科場之弊自謄錄始欲禁謄錄之弊自今科始昔之大吏豈不痛恨此弊而思禁哉或以為積重難返積蠹難剔勢不能禁也或以為士子中式總有命在事不必禁也是大不然第禁於昔則難禁於今則易昔處積重之勢一禁則立涉譁阻而謗議滋紛今當新造之秋不禁則永留弊端而政令奚肅貢院新蓋也鄉試新補也秀才又大半新進也新政方行而舊弊不革未之前聞且所謂富卷貧卷雖係有激之言然昔之富今貧者也昔之貧今極貧者也昔之極貧今不可復問者也夫以田不得耕館不得坐遭遇兵火流離室家幸留餘生以待賓興之典士之苦萬分極矣乃猶令剜肉補瘡典衣質物以求濟謄錄之費非是則與不考同言念及此君子所為痛心而在上者所當動念者也方今大吏賢明政綱清肅科場之弊必宜禁絕孤寒之士必宜體恤非夫子不能為大憲述其弊非夫子不能為浙士造其福浙士沐浴於栽培之澤訓迪之恩無不延頸企望及夫子之身而不議禁革此弊未有能禁者也竊謂宜先行通稟以揭弊源次請出示以新觀聽次議條款以嚴禁防次峻刑罰以昭懲創使士子回心易向書吏畏法失權冐應謄錄者絕跡改蹤百年之

弊一朝而除豈不甚善至應如何議禁之處銘能言其弊而不能言其所以治則在鈞裁酌奪焉或謂上雖示禁士不肯從恐以草卷被擯而見誑也必有陰貽多金另購猾手巧變方法者陽奉陰違則如之何曰是有三說其上請中丞具奏云浙闈謄録之弊他省所無嗣後磨勘墨卷有於首頁末行次頁首行上下兩格塗易取巧者予以罰科如是則士子覺悟弊端永清此上策也其次則令收卷官於繳卷時先看有辮與否一縣之卷分為二束一有辮一無辮擇其無辮者驗明先發彌封謄録有辮者次之嚴督書吏分束發謄不許暗中挑出私相授受如是則甲卷之辮入於乙手卷卷脱辮而點竄之弊以絶脱辮之卷謄寫仍好士子既無覬心仍不觖望雖不能永遠禁革而本科之弊可以一清此中策也另行籌款若干串厚餼謄録手使草卷不致糊塗亂寫被壓在底此為助人作弊而寒士亦陰受其福此下策也聞江甯去冬鄉試招致謄録手甚難蓋江省向無此弊謄録例調各縣科吏吏不肯行率多出錢求代士之貧不能試者竄身其中藉以食力謄完三場其費一二千文不等似此生涯情殊可憫今若一議禁革恐若輩無利可啗招之不來謄録乏人又恐貽誤應如何變通盡善非愚陋所能見及伏惟夫子大人各稟各大憲而斟行之浙士幸甚科場幸甚銘方丁外艱又迫遠征例不與試以局外之人發公道之論或有

萬一可採第此論蓄之胸中既久適當飛書倥傯束裝悤遽之
時泚筆直陳言不能詳弊不盡悉詞無忌諱惟我夫子垂諒焉
另鈔桐鄉陸定圃先生冷廬雜識一則用為左證伏冀俯採恭
惟鈞鑒

積習相沿竟不能改可歎　蕊銘注

壬申五月讀抱經堂文集中有題方訒菴昂會試朱卷後云歷來闈中書手不能無恍惝其甚者至不能以句舉子畏其然常以利啖之以訒菴之貧亦不得免焉非然安能書之端謹若斯也云云是文為乾隆壬子歲作則其事由來久矣然余聞師友閒談論皆不言會場有傚謄錄事豈抱經先生以浙中鄉試風氣推之而知其然歟姑識於此以俟再攷

癸酉冬月閱舊邸鈔見同治十二年十一月御史吳鳳藻奏各省謄錄之弊其有賄囑者謄寫精工並可暗定記號帶墨入場點竄原文改正錯誤其無賄囑者任意潦草併誤失落幾至不成文理難以校閱云云又福建巡撫王凱泰奏稱定例糊名易書爰資謄錄雖有考驗印臂之法仍多包攬頂充之人遂致修改詩文弊竇百出云云又吾鄉錢湘舲侍郎亦於前年陳奏積習相沿訖未聞各省之能禁革也

行軍要方序 代潘方伯師

方書自靈素而下汗牛充棟其專論治傷者不及百一精是藝者日以鮮而世所治傷不過金傷折傷之屬尚有古法可倣傚獨至火攻被創鐵丸陷膚血脈騰沸生死呼吸十瀕九危無論他醫瞠目不能治即號能治傷者亦多相顧愕眙縮手不得盡其技故治傷難治炮火傷尤不易軍興以來彪勇之士感激赴敵類能犯矢石冒鋒刃決命於砲轟槍擊出死入生之際一或不幸至於中傷斯時非得良醫傳之以萬金良藥即安能以無害雖然得其醫得其藥猶非難也苟不得其方以傳則受治也不廣而為道也不遠然而世醫多自祕其方故人尤難之余在軍數年物色良醫久矣吳生紹寅以醫名吳中有年自其祖父以來五世業醫精於療傷至生愈益有名江南用兵諸將帥招致行間試奏其技頗著奇效同治三年余防勦浙西轉戰嘉興湖州各境軍士陣傷常累百數吳生治之應手而瘥余甚異之因令出其舊傳之方刊錄以公於世得是方也以傳則戰士受創易治臨敵不懼足以奮糾桓之氣而堅赴蹈之心其為功於軍旅大矣豈特活人云乎哉吳生所著集驗各方並錄如左備世採擇錄成為付之手民書此以為序

周公使管叔監殷論

周公使管叔監殷。管叔以殷畔。周公誅之。吾謂公定天下之功。莫大乎出叔於殷。而千載無有能發其微者。請試論之。商人兄終弟及。非古制也。其始兄子弱而弟長且賢。因立之。後世循而勿改耳。武王為有周開基主。既受命且耄。而成王幼。循商家之制。諸弟中長宜立者。莫管叔若也。叔之欲奪孺子而代之位也。度已非一日。其睢盱睥睨。雖未明著其跡於朝廷之上。而固已微露其機於兄弟之際。彼蔡叔霍叔者。覬覦之心。繼管叔而起者也。管叔而得立。則次蔡次霍。自不待言。周公以為叔一日在朝。脫武王崩。成王且不得立。立則叔亦必為變。萬一不幸。喋血宮闈。禍及幼主。若慶父商人之為。則國且大亂。太王王季文王之緒斬焉以絕。不可不早為之所也。然而其勢易見。其患未成。誅之不可。聽之不能。為弭變未形計。莫如先出諸外而遠之。寵之以三監。委之以武庚。豈真慮殷畔令相鉗制哉。叔既遠在千里外。脫有大事。朝廷無肘腋之患。孺子立。公相之。叔亦可內折其邪謀。而退安其臣分。此公之初心也。不意叔禍心未已。欲奪孺子。計必先逐公。欲逐公。必先播流言。流言興。成王疑。公去。叔終不得入。蓋二公有力焉。風雷既變。公得迎歸。叔劫武庚以叛。乃必然之勢矣。夫以公慮王室之深。愛兄弟之切。出叔於殷。其為成王謀固忠。即為叔謀亦何嘗不厚。而叔且終至於叛。然則

叔在朝。變在內。叔監殷。變在外。變在內。誤成王。變在外。誤武庚。誤武庚。孰與誤成王之為烈。是故公定天下之功。莫大乎監殷一使也。說者曰。聖人不忍逆探其兄之惡而棄之。子何以知當武王在時。管叔先有奪孺子而代之位之心。而公早為之所耶。曰。吾讀金縢知之。武王有疾。二公穆卜。二公之忠愛王豈後於公。公辭之而獨卜何哉。方是時。天下甫定。無外變。有內憂。公之精誠。至於哀痛迫切。呼籲三王。求以身代。所憂在宗社之大。所慮在骨肉之深。不能令二公知也。武王後後數年而崩。成王稍長。三叔外鎮。周室無恙。皆公之忠為之矣。後世季友慮叔牙為變。則先酖之。諸葛慮劉封為變。則先誅之。聖人不忍先事誅其兄。而卒有斧斨之痛。夫孰料其苦衷哉。

奇論破空懸測數千載冄雖未必果然而按切當日事勢卻有此一大節目豈尋常讀書人所能 慈銘注

逸周書度邑解述武王欲傳位叔旦事有兄弟相後語可知尒時傳子之局固尚未定也愛可為此文作一碻證 慈又注

圖書在版編目(CIP)數據

琴鶴山房文抄 / (清) 趙銘著. -- 鄭州 : 中州古籍出版社, 2019.3
ISBN 978-7-5348-8486-3

Ⅰ. ①琴… Ⅱ. ①趙… Ⅲ. ①中國文學－古典文學－作品綜合集－清後期 Ⅳ. ①I215.22

中國版本圖書館CIP數據核字(2019)第037212號

琴鶴山房文抄（一函四册）

吉林省圖書館據館藏稿本整理影印

編者 [清] 趙銘 撰
責任編輯 閔世勇
出版 中州古籍出版社
地址：鄭州市鄭東新區金水東路三九號C座
郵編：四五〇〇一六
承印 鄭州創維彩印製作有限公司
印數 一—五〇〇册
版次 二〇一九年三月第一版
印次 二〇一九年三月第一次印刷
定價 捌佰圓